Anthony Lewis
beendete 1989 sein Studium an der Liverpool School of Art mit Auszeichnung. Bis heute hat er über 200 Bilder-, Kinder- und Jugendbücher, Lyrikbände und Sachbücher illustriert. Mit seiner Frau lebt er in Cheshire in Wales.

LUCYS TIERE

Mary Hooper

Bleib bei uns, Donald

Aus dem Englischen von Ulla Neckenauer
Illustrationen von Anthony Lewis

Aus dem Englischen von Ulla Neckenauer
Originaltitel: »Lucy's Donkey Rescue«
First published in 2000 by Macmillan Children's Books

Umschlagillustration von Zembsch' Werkstatt, München, unter Verwendung einer
Illustration von Ulrike Heyne

Sonderdruck für den Verlag an der Este, Buxtehude 2006

ERSTES KAPITEL

Lucy Tremayne gähnte, drehte sich auf den Bauch und bohrte die Zehen in den Sand. Sie genoss die Sonne, die auf ihren Rücken schien, und das Gefühl, nichts zu tun zu haben. Es war August und sie hatte Ferien. Lucys Mutter hatte sie und Kerry, ihre kleine Schwester, zu einem Ausflug an den Strand von Westerley mitgenommen, wo sie den Tag verbringen wollten.

Lucys Eltern bewirtschafteten die Hollybrook Farm, einen auf Milchviehhaltung spezialisierten Hof etwas außerhalb von Bransley, einem hübschen, ländlichen Dorf der Grafschaft Devon im Südwesten Englands. Etwa eine Meile von der Farm entfernt hatte Bransley einen eigenen, steinigen Strand. Honley, die nächstgelegene größere Stadt, war sechs Meilen entfernt. Zu den ungefähr fünfzig Milchkühen der Tremaynes kamen noch zwei Hunde, einige Schafe, eine Hühnerschar und etliche Katzen. Lucy hatte auch ein eigenes Haustier – Rosie – ein Lamm, das sie mit der Flasche aufgezogen hatte.

Am Strand jedoch gab es keine Kühe, die man melken, keine Kälber, die man füttern, keine Eier, die man sammeln, und keine Hunde, hinter denen man herräumen musste. Nicht dass Lucy das Leben auf der Hollybrook Farm oder die Arbeit mit den Tieren nicht gefallen hätte – sie liebte sie alle miteinander – aber gelegentlich war es schön, einfach mal zu faulenzen.

Gerade als Lucy drauf und dran war einzuschlafen, sagte ihre Mutter plötzlich: »Ich bin am Verhungern!«, und weckte sie damit auf.

Julie Tremayne, deren Haarfarbe und Teint

Lucy geerbt hatte, war eine attraktive Frau. Sie trug ihr lockiges Haar mit einem Gummiband hochgebunden, aus dem sich jetzt ein paar Strähnen gelöst hatten. »Lucy, kannst du ein Weilchen auf Kerry aufpassen?«, fuhr sie fort. »Ich möchte zum Café hinauf und uns ein paar Sandwiches holen.«

Lucy seufzte, rollte sich auf den Rücken und setzte sich auf.

»Pass auf, dass sie nicht zu viel Sand isst!«, mahnte ihre Mutter, während sie Kerrys dralle Handflächen abrieb. »Und lass sie keine Steine in den Mund nehmen!« Sie stöberte in der Strandtasche nach ihrem Geldbeutel. »So, was für ein Sandwich möchtest du haben?«

»Käse, Ei oder Tunfisch«, antwortete Lucy und strich sich das lange blonde Haar hinter die Ohren.

»Tuunfich!«, brabbelte Kerry. »Tuunfich … Tuunfich!« Sie hatte vor kurzem zu sprechen begonnen und wiederholte wie ein Papagei die Wörter, die ihr gefielen.

»Ich hätte wirklich belegte Brote machen sollen«, murmelte Lucys Mutter. »Aber ich wollte mir mal einen richtig freien Tag gönnen. Es ist wirklich eine große Erleichterung, einmal keine Gäste im Nacken zu haben.«

Erst dieses Jahr hatte Lucys Mutter damit begonnen, zahlende Gäste aufzunehmen. Viele kamen aus hektischen Großstädten und erhofften sich von einem Urlaub auf dem Bauernhof ganz neue Eindrücke, Ruhe und Erholung.

»Wann kommen denn die nächsten?«, fragte Lucy.

»Am Wochenende«, antwortete ihre Mutter. »Es sind nur zwei – Mrs Mason und ihre Tochter Natasha. Sie kommen Freitagnachmittag von London herunter.«

»Wie alt ist diese Natasha?«

»Ungefähr in deinem Alter, denke ich. Ich hoffe, du kannst sie ein bisschen unter deine Fittiche nehmen.«

»Mache ich, wenn sie nett ist.«

»Bestimmt ist sie das«, gab ihre Mutter zurück. »Vielleicht kann sie dir mit den Tieren helfen und –«

Sie wurde plötzlich von Kerrys Geheul unterbrochen, die aufgestanden, ins Schwanken gekommen und der Länge nach in den Sand gefallen war, genau auf das scharfe Ende einer Krabbenschere.

Mrs Tremayne hob sie auf, befreite sie vom Sand und holte eine Packung feuchte Tüchlein hervor, um ihr das Gesicht zu säubern.

»Weißt du was?«, meinte Lucy mit einem Blick auf ihre kleine Schwester. »Ich werde die Sandwiches holen. Und du passt auf Kerry auf!«

Ihre Mutter lachte, stimmte jedoch zu. Sie gab ihr den Geldbeutel und bestellte für sich Schinken-Sandwiches und eine Packung Orangensaft.

Lucy überquerte den heißen Sand in Richtung der Promenade, die hinter dem Strand verlief. Dort gab es mehrere Cafés. Westerley war ein ziemlich großer Urlaubsort mit Pier, modernem

Einkaufszentrum und mehreren Campingplätzen. In der Nähe der Promenade, wo der Sand gräulich verfärbt und mit Bonbonpapierchen und der einen oder anderen Getränkedose verschmutzt war, blieb Lucy plötzlich wie angewurzelt stehen.

Im Schatten der Strandmauer stand ein Esel. Ein struppiger, ungepflegter und trübsinnig wirkender Esel mit hängendem Kopf und geschlossenen Augen.

»Oh!«, hauchte Lucy und ihr Herz flog dem Esel zu. Er sah so traurig aus!

Sie ging zu ihm hin und tätschelte ihm sanft den Nacken. Er hatte ein silbergraues Fell, einen langen, dunklen Schweif und die Haare auf seinem Kopf waren borstig und ziemlich verfilzt. »Fehlt dir was, Eselchen? Was ist los mit dir?«, fragte sie leise. »Du magst wohl die heiße Sonne nicht?«

Der Esel öffnete blinzelnd ein Auge und Lucy kraulte das staubige Fell an seinen Ohren. »Du müsstest im Schatten eines Baumes auf

einer schönen Wiese stehen und Gras fressen, findest du nicht auch?« Sie sah sich um. »Wo ist dein Wassereimer? Ich wette, du hast Durst.«

»Ich würde sagen, du bist ein wenig alt zum Eselreiten«, hörte sie eine schroffe Stimme sagen.

Ein ziemlich abgerissen wirkender Mann mit schmutzigem weißem T-Shirt und Hosen, die von einem Stück Schnur gehalten wurden, war hinter ihr aufgetaucht.

»Oh, ich will nicht auf ihm reiten!«, erklärte

Lucy. »Ich habe nur … äh … mit ihm gesprochen. Aber – wo ist denn eigentlich sein Wassereimer?«, fügte sie mutig hinzu.

»Das geht dich nichts an!«, knurrte der Mann.

Lucy war klar, dass er sich über sie ärgerte, deshalb versuchte sie es anders. »Gibt es eigentlich noch viele Kinder, die Lust auf einen Ritt mit einem Esel haben?« Sie zwang sich freundlich und interessiert zu klingen. »Ich meine, bei all diesen Automaten im Freizeitzentrum – geben die Kinder ihr Geld nicht lieber dort aus?«

Der Mann schnaubte. »Das Eselreiten ist heutzutage ein totales Verlustgeschäft«, antwortete er. »Zeit- und Geldverschwendung. Dieses Vieh frisst bedeutend mehr, als es einbringt.«

»Oje!«, seufzte Lucy.

»Und inzwischen bin ich so weit, dass ich ihn kurz halte mit dem Futter, solange er nichts verdient«, fuhr der Mann fort. »Soll ihm halt der Magen knurren.«

»Es ist doch nicht seine Schuld, wenn die

Kinder nicht auf ihm reiten wollen!« Lucy wurde so wütend, dass sie dem Mann am liebsten eine Ohrfeige gegeben hätte. Stattdessen schwieg sie und schluckte mühsam. »Wie … wie heißt er eigentlich?«

Der Mann zuckte mit den Achseln. »Wie er heißt? Er hat keinen Namen. Hat noch nie einen gehabt.«

Der Esel öffnete die traurigen braunen Augen, die Lucy erzählten, dass er sich elend und ungeliebt fühlte.

Ganz gegen ihren Willen entfuhr es Lucy: »Oh, der arme Kerl!«

Als ihr der Mann einen scharfen Blick zuwarf, riss Lucy sich zusammen. »Darf ich ihm ein Sandwich bringen?«

Wieder zuckte der Mann mit den Achseln. »Tu, was du willst. Er frisst alles.«

Ohne ein weiteres Wort hielt Lucy auf das nächste Café zu. Sie hatte die Hände zu Fäusten geballt. Natürlich fraß der arme, alte Kerl alles! Wahrscheinlich war er am Verhungern! Das musste man sich mal vorstellen: Tag um Tag gezwungen zu sein, in der heißen Sonne zu stehen, Kinder den Strand hinauf und hinab zu tragen und nur gefüttert zu werden, wenn es seinem Besitzer danach war. Und nicht mal einen Namen hatte er, der arme Bursche!

Im Café erstand Lucy nicht nur die Sandwiches für ihre Mutter, Kerry und sich selbst, sondern nahm noch ein zusätzliches mit Käse und Tomaten. Als sie an den Strand zurückkam, saß der Mann an die Mauer gelehnt da und las eine Zeitung. Er beachtete sie nicht.

»Da bist du ja! Da, leckerer Käse!«, lockte Lucy und hielt dem Esel das Sandwich unter die Nüstern. »Lass es dir schmecken!«

Der Esel schnupperte, zog die Lippe hoch, öffnete sein Maul und zeigte zwei Reihen großer Zähne, mit denen er das Sandwich von Lucys ausgestreckter Handfläche nahm. Er kaute, schluckte – und dann hob und senkte er leise wiehernd den Kopf, als wolle er sich bedanken.

»Das hat dir geschmeckt, was?«, meinte Lucy,

während sie den warmen Nacken des Tieres kraulte. Zu dem Mann gewandt fragte sie: »Hat er denn keinen Eimer mit Wasser?«

»Da drüben beim Schild«, knurrte der Mann ohne den Kopf zu heben.

Lucy ging hinüber zu dem an der Mauer lehnenden Schild.

ESELRITTE:
EIN SPASS AUS ALTEN ZEITEN!

Darunter stand ein verbeulter Metalleimer.

»Natürlich leer!«, murmelte Lucy empört. Sie öffnete die Flasche Wasser, die sie im Café erstanden hatte, goss sie in den Eimer und brachte ihn dem armen Kerl.

Der Esel schlürfte laut, bis auch das letzte Tröpfchen verschwunden war. Lucy kam in Versuchung, ihm noch eine Flasche zu kaufen, sagte sich dann aber, dass sich ihre Mutter inzwischen bestimmt Sorgen machte. So gab sie ihm einen letzten liebevollen Klaps, warf dem

Mann einen letzten bösen Blick zu und ging zurück.

»Wo hast du denn so lange gesteckt?«, wollte ihre Mutter wissen. »Ich habe mich langsam gefragt, ob du die Sandwiches selber machen musst.«

»Da war nur so ein süßer, kleiner Esel, mit dem ich mich unterhalten habe …«

Julie Tremayne setzte Kerry auf eine Ecke vom Strandtuch, brach von einem Sandwich ein Stück ab und gab es ihr. Kerry beäugte es, fand, dass es ihr nicht zusagte, und warf es in den

Sand. Als eine Möwe niederstieß, um sich das Stück zu holen, kreischte Kerry vor Vergnügen. »Das ist doch nicht für die Vögel bestimmt!«, schimpfte ihre Mutter.

»Vögel … Vögel … Vögel«, plapperte Kerry und wedelte begeistert mit den Armen.

»Der Esel war so traurig, Mam!«, fuhr Lucy fort. »Völlig vernachlässigt stand er da an der Mauer rum. Nicht mal Wasser hatte er.«

Ihre Mutter zog die Augenbrauen hoch. »Ich nehme an, du hast dafür gesorgt, dass er welches kriegt.«

Lucy nickte. »Ich hoffe, du hast nichts dagegen, aber ich habe ihm ein Sandwich gekauft.«

»Also wirklich!«

»Und eine Flasche Wasser.«

»Müsste ich dir eigentlich vom Taschengeld abziehen«, scherzte ihre Mutter.

Lucy aß langsam ihr Sandwich und überlegte sich dabei, wie sie die nächste Frage formulieren sollte. Nach einer Weile rückte sie schließlich damit heraus: »Mam, meinst du nicht, es wäre schön, wenn es auf Hollybrook einen Esel gäbe?«

»Wie bitte?«

»Wir könnten ihn bei den Schafen auf der Weide unterbringen und im Winter könnte er unter mir im Heuschober wohnen und …«

»Stopp! Ich weigere mich, auch nur darüber nachzudenken!«, wehrte Mrs Tremayne ab. »Mag ja durchaus sein, dass er übel dran ist und ich weiß auch, dass du ein Herz für Tiere hast. Aber so Leid es mir tut – wir können nicht für jedes Tier, mit dem du Mitleid hast, den Retter spielen. Wir haben es auch so schon schwer genug, dein Vater und ich.« Sie tätschelte Lucy am Arm. »Tut mir Leid, Liebling, es geht einfach nicht.«

»Aber Mam –«

»Schluss jetzt!«, sagte ihre Mutter bestimmt. »Ein Lamm, das durchs Haus trabt und denkt, es gehört zur Familie, haben wir ja schon.« Mrs Tremayne lachte. »Meinst du denn, wir sind ein Heim für Waisen und Streuner?«

Lucy gab keine Antwort. Sie sah zu dem armen, mit gesenktem Kopf dastehenden Esel hin und seufzte schwer.

ZWEITES KAPITEL

Lucy saß zu Hause in ihrem Zimmer, sah auf ihre Hausaufgaben hinunter und grübelte. Seit ihrem Ausflug zum Meer waren zwei Tage vergangen, aber sie bekam den Esel nicht mehr aus dem Kopf. Sie hatte mal gehört, dass es Einrichtungen gab, wo müde, alte Tiere aufgenommen wurden, wenn sie nicht mehr arbeiten konnten. Gnadenhöfe wurden sie genannt. Jetzt überlegte sie, wie sie wohl herausfinden konnte, ob es hier in der Gegend so etwas gab.

Lucy wohnte auf dem Dachboden des alten, in der Nähe vom Wohnhaus stehenden Heuschobers. Es war ein kleines, niedriges Zimmer, an dessen Dachschräge sich mächtige Holzbalken entlangzogen und wo lustig karierte Vorhänge an den Fenstern hingen. Um es zu erreichen, musste Lucy eine Leiter hochklettern und eine Bodenklappe öffnen. Anfangs war sie wütend gewesen, weil sie ihr großes Zimmer im Haus an die Gäste abtreten musste, aber inzwischen liebte sie ihre weiß gekalkte, lauschige Dachkammer, die süß nach dem Heu roch, das man dort seit jeher aufbewahrt hatte.

Lucy schob ihre Hausaufgaben beiseite. Sie konnte nur noch an eines denken – an den Esel. Sie entschloss sich, nach unten zu gehen und zu schauen, womit ihre Mutter gerade beschäftigt war. Möglicherweise gelang es ihr, das Gespräch noch einmal auf den Esel zu bringen. Vielleicht, vielleicht schaffte sie es ja, ihre Mutter umzustimmen …

Lucy kletterte die Leiter hinunter, ging über den Hof und durch die schwere Eingangstür des Hauses. Sie führte in den Vorraum, wo Gummistiefel, Regenjacken und die großen Hundekörbe untergebracht waren. Hier wohnten nämlich Roger und Podger, Kreuzungen aus Labrador und Border Collie, wenn sie nicht gerade draußen unterwegs waren. Von dort aus betrat sie die große, ziemlich unordentliche Bauernküche mit dem schimmernden grünen Holzherd und dem riesigen, blank geschrubbten Tisch aus Kiefernholz. Lucys Mutter war gerade dabei, für das Kirchenfest Berge von Lavendelzweigen zu Sträußen zu binden. In der Luft hing eine zarte Wolke Lavendelstaub.

»Lucy! Du kommst gerade recht!«, sagte sie. »Da drüben steht ein Rest Fischpastete von gestern Abend.« Sie deutete mit dem Kopf zur Arbeitsplatte. »Würdest du ihn bitte den Katzen bringen?«

Lucy nickte. Es kam nicht oft vor, dass die Hofkatzen gefüttert wurden – gewöhnlich versorgten sie sich selbst, indem sie auf die Jagd nach Mäusen und anderem kleinen Getier gingen und aus den Trögen der Kühe Trockenfutter stahlen. Sie waren alle in unterschiedlichen Kombinationen schwarzweiß gefärbt und Lucy wusste nie so recht, wie viele es gerade waren. Drei oder vier vermutlich – oder vielleicht auch nur zwei, die viel umherrannten. Halbwild wie sie waren, schliefen sie unten im Heuschober oder in einem der anderen Nebengebäude. Ins Haus wagten sie sich nie.

»Vielleicht entdeckst du ja irgendwo die kleinen Kätzchen«, fuhr Lucys Mutter fort und schnupperte genüsslich am Lavendel. »Ein vollkommen schwarzes ist dabei – ich habe gestern einen kurzen Blick darauf erhascht.«

»Mir sind sie überhaupt noch nicht unter die Augen gekommen«, beklagte sich Lucy. Farmkatzen kamen zur Welt und wenn sie alt genug waren, um für sich selbst sorgen zu können, verschwanden sie meistens, um einen eigenen Platz zum Leben zu finden. Da es keine schnurrenden Schmusekätzchen waren, gab sich Lucy Mühe, ihr Herz nicht allzu sehr an sie zu hängen.

Lucy nahm die Schüssel mit den Resten und ging auf den Hof hinaus. Vom großen Melkstall her, der schräg gegenüber lag, konnte sie die Kühe hören, wie sie im Stroh raschelten und sich träge gegenseitig zumuhten. Es war Zeit zum Melken und gerade brachte ihr Vater jeweils sechs davon in den Raum mit der elektrischen Melkmaschine.

»Hierher, Miez!«, rief Lucy. »Miez … Miez … Miez …« Keine Katzen tauchten auf, was Lucy jedoch nicht überraschte. Vermutlich waren sie auf der Jagd und brachten den kleinen Kätzchen bei, wie sie sich ihr Abendessen selbst besorgen konnten. Lucy stellte das Gefäß mit den Resten im Heuschober gleich neben die Tür, wo es bestimmt entdeckt werden würde. Dann überquerte sie den Hof und ging den Weg entlang bis zum Melkstall, um mit ihrem Vater zu reden.

Tim Tremayne war groß, hatte rotblondes Haar und ein von der Sonne gebräuntes Gesicht. Er schenkte seiner Tochter ein breites Lächeln, als er sich hinter einer Kuh aufrichtete. »Jedes Mal kommst du, wenn ich fast fertig bin!«

Er warf ihr einen Lappen zu. »Aber wenn du schon da herumstehst, sei so gut und reib mir diese Kuh ab, ja?«

»Welche?«

»Die schwarzweiße.«

»Schwarzweiß sind sie doch alle!«, gab Lucy grinsend zurück, rieb dann aber rasch über das Hinterteil der ziemlich schlammigen Kuh, die als nächste an der Reihe war. Nun kam ihr Vater her und gab der Kuh einen Klaps, die sich daraufhin brav in den Verschlag bewegte, wo er ihr schimmernde Edelstahltüllen an den Zitzen befestigte. Von dort aus wurde die Milch direkt in einen riesigen Stahltank gepumpt, wo sie dann am nächsten Morgen von einem Tanklastwagen abgeholt werden würde.

Lucys Vater schloss die letzte Kuh an der Melkmaschine an und wischte sich die Hände ab. »Die sind versorgt bis morgen früh«, sagte er. »Zurzeit geben sie ziemlich viel Milch.«

»Dad?«, sagte Lucy zögernd.

Ihr Vater sah sie misstrauisch an. »Was ist? Wenn du in diesem Ton Dad zu mir sagst, so bedeutet das gewöhnlich, dass du etwas von mir willst.«

Lucy machte riesige Augen. »Stimmt nicht! Ich habe mir nur gerade überlegt, wie schön es doch wäre, wenn wir hier auf der Farm einen Esel hätten. Sie sind so nützlich – und wirklich stark. Sie können mühelos Sachen schleppen und alle möglichen Arbeiten erledigen.«

»Nein, danke!«

»Es sind aber hervorragende Arbeiter.« Lucy ließ nicht locker. »Und –«

»Nein!«, erklärte ihr Vater mit fester Stimme. »Deine Mutter hat mir schon von dem Esel erzählt, den du am Strand gesehen hast. Wir haben sowieso schon zu viele Tiere. Vor allem, wenn man dich und deine Schwester mitrechnet«, fügte er mit einem Grinsen hinzu.

Lucy tätschelte die Flanke der Kuh, die ihr am nächsten stand. Vermutlich war es besser, das Thema zu wechseln und ein andermal darauf zurückzukommen. »Sind heute irgendwelche Kälber zu erwarten?«, erkundigte sie sich. Die Kühe der Tremaynes brachten ihre Kälber über das ganze Jahr verteilt zur Welt, also konnte man sich fast jede Woche auf ein neues freuen.

Ihr Vater schüttelte den Kopf. »Erst nächste Woche wieder. In der Zeit, wo die neuen Gäste da sind, müssten wir eigentlich zwei bekommen.«

Lucy nickte. »Sie werden heute noch ankommen.« Sie freute sich ziemlich darauf, wie sie feststellen musste. Bethany, ihre beste Freundin, war mit ihren Eltern in den Urlaub gefahren, also machte es ja möglicherweise Spaß, jemanden zu haben, den man herumführen und den Tieren vorstellen konnte. Wenn diese Natasha nett war, würde sie ihr sogar erlauben, Rosie ein Fläschchen zu geben.

Jetzt, wo ihr Rosie eingefallen war, ging Lucy nicht direkt zum Haus zurück, sondern folgte dem Weg zur Schafweide. Sie lugte über die Hecke, weil sie Rosie – das Lamm, das sie eigenhändig mit der Flasche aufgezogen hatte – sehen wollte, ohne selbst gesehen zu werden. Rosie benahm sich oft wie ein junger Hund. Sobald sie Lucy erblickte, würde sie angerannt kommen, um auf die Arme genommen und ins Haus getragen zu werden.

Schließlich entdeckte Lucy sie am Ende der Wiese. Sie und ein anderes Lamm hopsten und sprangen blökend in Kreisen umeinander herum. Zwar war Rosie – in Lammjahren gerechnet – inzwischen zum Teenager herangewachsen, doch sobald die Sonne schien, packte alle jungen Tiere der Übermut. Lucy lächelte. Rosie war in Topform, dabei war sie nach der Geburt ein so mageres, kleines Ding gewesen.

Und wieder musste Lucy an den Esel denken. Wenn sie ihn doch nur retten könnte, diesen traurigen, einsamen Kerl, und den gleichen Zauber auf ihn wirken lassen könnte.

Als Lucy zum Hof zurückkam, stand das große, eiserne Tor offen und auf dem Hof war ein grüner Mini geparkt. Ein Mädchen saß auf dem Beifahrersitz, während eine große, gequält aussehende Frau ein paar Koffer aus dem Kofferraum holte. Lucy wurde sofort klar, dass das Mrs Mason und Natasha sein mussten.

Lucy schloss das Tor hinter ihnen. »Hallo!«, sagte sie. »Hatten Sie eine gute Reise?«

Die Frau stieß einen Seufzer aus. »Es war fürchterlich! Ab Salisbury Plain kamen wir nur noch im Schneckentempo voran, weil alles verstopft war.«

Lucy schenkte ihr ein mitfühlendes Lächeln.

»Ich heiße Lucy«, sagte sie. »Meine Mutter ist im Haus. Sie wird Ihnen einen schönen Tee kochen, mit einem Stück selbst gebackenen Apfelkuchen dazu, das wird Ihnen gut tun.«

Die Frau lächelte dankbar und klopfte dann aufs Autodach. »Steig aus, Tash!«, sagte sie. »Du kannst mir mit dem Gepäck helfen!«

Lucy sah zu dem Mädchen hinein. Es war

etwa in ihrem Alter, hatte blondes, straff zu zwei Zöpfchen zurückgekämmtes Haar, Sommersprossen und kurze, stoppelige Stirnfransen. Es saß regungslos da und starrte zu Boden.

Roger und Podger, die der Meinung waren, neue Spielkameraden seien angekommen, sprangen am Wagen empor und bellten ihr Willkommen.

»Du brauchst keine Angst zu haben. Roger und Podger sind wirklich lieb«, sagte Lucy.

»Komm jetzt, Tash!«, drängte die Frau mit gespielt fröhlicher Stimme. »Du kannst doch nicht die ganze Woche im Auto sitzen bleiben!«

Das Mädchen rührte sich nicht. »Doch, kann ich, wenn ich will«, hörte Lucy sie murmeln.

Die Frau seufzte. »Na gut. Wie du meinst.« Lucy fand, dass sie klang, als hätte sie jetzt wirklich die Nase voll. Für Lucy brachte sie jedoch noch ein Lächeln zu Wege. »Geh voraus, Herzchen!«, sagte sie. »Ich brauche jetzt unbedingt ein Tässchen Tee!«

Lucy führte Mrs Mason in die Küche und signalisierte ihrer Mutter mit den Augen, irgendetwas sei komisch an den neuen Gästen. Was, zum Kuckuck, war mit dieser Natasha los? Was immer es auch sein mochte, Lucy konnte sich nicht vorstellen, dass sie mit diesen neuen Gästen viel Spaß haben würden.

DRITTES KAPITEL

»Also ehrlich!«, sagte Lucy zwei Tage später. »Ich war nett zu Natasha, wirklich. Ich habe alles versucht. Ich habe sie sogar gefragt, ob sie die neuen Küken sehen will. Und wisst ihr, was sie geantwortet hat?«

Lucys Mutter sah zur Tür. »Psst!«, machte sie leise. »Sieh mal, ich weiß, dass es schwierig ist, Schatz, aber –«

»Nichts!«, verkündete Lucy empört. »Gar nichts hat sie gesagt. Sie sah mich nur an, zog ein Gesicht und ging weg.«

»Ich glaube, sie hat eine schwierige Zeit hinter sich«, erklärte Julie Tremayne, während sie den Frühstückstisch abräumten. »Ihre Eltern, Mr und Mrs Mason, haben sich nämlich getrennt.«

Lucy krauste die Stirn. »Oh …«

»Mrs Mason hat mir erzählt, ursprünglich hätte es so ausgesehen, als käme Natasha damit klar. Doch neuerdings sei sie wirklich launisch und seltsam geworden. Sie will auch nicht darüber reden. Ich glaube, Mrs Mason macht sich große Sorgen um sie.«

»Aber das ist keine Entschuldigung für Natasha, so schlechte Manieren an den Tag zu legen«, sagte Lucy. »Und als du sie gerade eben gefragt hast, ob sie ein Ei zum Frühstück will, da hat sie gesagt: ›Von Eiern wird mir schlecht!‹ Einfach so. ›Von Eiern wird mir schlecht.‹«

Lucys Mutter hob Kerry von ihrem Kindersitz und stellte sie auf dem Boden ab. »Ich weiß, dass es für dich schwer ist und sie ist wirklich ziemlich unangenehm, aber ich fürchte, du wirst dich damit abfinden müssen. Wir hatten ja schon einige wirklich reizende Gäste, Natasha ist die Erste, die schwierig ist, also hatten wir ja insgesamt eigentlich Glück.«

»Früh-stü!«, rief Kerry, die auf wackligen Beinen den Tisch umrundete. »Früh-stü!«

»Natasha mag nicht mal unsere Rosie!«, erklärte Lucy hitzig. »Wie kann jemand Rosie nicht mögen!«

Die beiden hoben den Kopf, als draußen ein Auto hielt. Lucy ging zum Fenster um zu sehen, wer es war.

»Mr Mack«, meldete sie, als sie den schmutzigen Landrover mit dem hochwandigen Anhänger ihres Nachbarn sah. »Was mag er nur wollen?«

»Wenn er zu deinem Vater will, dann hat er Pech gehabt«, sagte Julie Tremayne, deren Mann geschäftlich nach Honley gefahren war.

Mr Mackintyre war der Besitzer der angrenzenden Thorny Acres Farm. Er war ein meist in Tweed gekleideter alter Junggeselle mit einigen hundert Schafen und wusste so gut wie alles, was es über das Farmvieh zu wissen gab. Lucy mochte ihn sehr. Damals, als sie sich um Rosie, das verwaiste Lamm, hatte kümmern müssen, hatte er ihr mehr als einmal geholfen.

Sie ging zur Tür und bat Mr Mack in die Küche, wo er seinen Stock drehend und seinen Backenbart kratzend dastand, von Kopf bis Fuß der Gentleman-Farmer, der er war.

»Ich bin gerade auf dem Weg nach Westerley, um ein paar Ersatzteile für meinen Traktor vom

Bahnhof abzuholen«, sagte er mit dröhnender Stimme. Bei dem Wort *Westerley* merkte Lucy auf. »Ich habe mich gefragt, ob eine der Damen Lust hätte, mich zu begleiten.«

»Sehr nett von Ihnen«, sagte Julie Tremayne lächelnd, »aber die Gäste, die im Augenblick bei uns wohnen, essen abends bei uns mit und ich muss noch kochen. Außerdem will ich mit dem Melken anfangen, falls Tim nicht rechtzeitig heimkommt.«

»Ich fahre mit!«, sagte Lucy. Westerley! Vielleicht sah sie ihren Esel wieder! »Ich darf doch, nicht wahr, Mam?«, bat sie. »Du brauchst mich doch hier nicht, oder?«

»Na ja, vermutlich nicht.« Ihre Mutter runzelte ein wenig die Stirn. »Obwohl ich gehofft habe, du würdest mit Natasha etwas unternehmen.«

Lucy tat so, als hätte sie Letzteres nicht gehört. »Werden wir genug Zeit haben, damit ich an den Strand runtergehen kann?«, erkundigte sie sich erwartungsvoll bei Mr Mack.

»Ich werde extra einen Umweg fahren«, versprach er.

»Fantastisch!«, rief Lucy und war gerade im Begriff, sich nach Dingen umzusehen, die sich als Eselfutter eigneten, als die Tür aufging und Mrs Mason und Natasha hereinkamen. Lucy sank das Herz. Sie hatte das schreckliche Gefühl, dass sie genau wusste, was nun geschehen würde …

Und so war es auch. Julie Tremayne stellte Mr Mack vor und fügte dann hinzu: »Mr Mack, würde es Ihnen etwas ausmachen, einen weiteren Passagier zu befördern? Natasha kennt Westerley noch nicht und würde es sich bestimmt gern ansehen.«

»Mit Freuden«, sagte Mr Mack und fügte hinzu: »Wir können im Eiscafé Halt machen und einen Eisbecher essen.«

Lucy sah zu Natasha hinüber, doch deren Gesicht war das reinste Gewitter. »Keine Lust«, maulte sie. »Ich hasse das Meer!« Das Wort Meer sprach sie aus, als wäre es etwas Albernes und Kindisches.

»Tash, Liebling –«, begann ihre Mutter verlegen.

»Sowieso bleibe ich heute in meinem Zimmer!«, verkündete Natasha. »Den ganzen Tag!« Damit stampfte sie türknallend hinaus und schwere, wütende Schritte erklangen von der Holztreppe her.

»O je …«, seufzte Mrs Mason, während Lucy und ihre Mutter Blicke tauschten.

»Sieht so aus, als bliebe es bei einem Passagier«, meinte Mr Mack munter. »Lucy, wir werden also unsere Erdbeerbecher mit Schlagsahne ganz alleine essen müssen.«

»Könnten Sie mich hier absetzen?«, fragte Lucy, als sie langsam die Promenade entlangfuhren. Sie hatte aus dem Augenwinkel das altersschwache Schild gesehen, das für Eselritte warb. Sie konnte es kaum erwarten, bis sie aussteigen und nachsehen konnte, wie es dem armen Kerl ging.

»Ja, wenn du mir versprichst in Sichtweite

der Straße zu bleiben und mit niemandem zu reden«, antwortete Mr Mack. Dann fügte er hinzu – denn Lucy hatte ihm unterwegs von dem Esel erzählt –: »Außer natürlich mit deinem vierbeinigen Freund.«

Lucy nickte. Sie kannte die Regeln.

»Ich werde nicht lange brauchen«, meinte Mr Mack. »Ich bleibe erst mal hier sitzen, um meine Papiere zu ordnen, dann fahre ich zum Bahnhof die Ersatzteile abholen. Sobald sie in den Anhänger geladen sind, komme ich wieder her. Halt Ausschau nach mir!«

Lucy, die schon ganz ungeduldig wurde, nickte wieder. Sie nahm die Tüte mit dem, was sie zu Hause an Futter hatte finden können. Halb rutschte sie, halb fiel sie aus dem Landrover. »Bis nachher!«

Sie eilte über die Promenade und schaute dabei über die Mauer zum Strand hinunter. Ja! Da war er, dieser nette Esel – stämmig, robust und schrecklich traurig, mit verfilztem Fell, geschlossenen Augen und hängenden Ohren.

Lucy rannte über den Sand. »He, Donald!«, sagte sie leise, denn diesen Namen hatte sie inzwischen für ihn ausgesucht. »Wie ist es dir ergangen?«

Beim Klang ihrer Stimme hob der Esel ein wenig den Kopf, er öffnete die Augen und stellte die Ohren.

Lucy streichelte ihm übers Fell, kraulte ihm sanft den Kopf und glättete seine Mähne. »Ich habe leckeres Futter für dich mitgebracht – altbackenes Brot, Kuchen, drei Karotten und einen Apfel. Guten Appetit!«

Der Besitzer des Esels saß auf der Mauer. Er warf einen Blick herüber, doch dann sah er wieder weg. Dass sein Esel Besuch bekommen hatte, schien ihn nicht zu interessieren.

Der Esel begann die Karotten zu zermalmen, als hätte er seit Wochen keine ordentliche Mahlzeit mehr erhalten. »So ist's recht! Friss nur alles auf. Wird dir gut tun!«, ermunterte ihn Lucy. »In der Tüte ist noch viel mehr!«

Gerade dachte sie darüber nach, ob sie hochgehen sollte ins Strandcafé um für Donald Wasser zu besorgen, als der Mann zu ihr herkam. »Du bist doch das Mädchen, das letzte Woche schon mal da war. Du magst ihn, habe ich Recht?«

Lucy sah zu ihm auf. »Natürlich mag ich ihn! Er ist wirklich super!«

»Willst du ihn mir abkaufen?«

Lucy starrte den Mann verblüfft an. »Aber … wie meinen Sie das? Ist er denn zu kaufen?«

»Möglicherweise – für den richtigen Preis. Ich habe genug von ihm. Ich will ihn loswerden und mir an seiner Stelle eine Hüpfburg anschaffen. Die braucht man nicht zu füttern, zu tränken oder sonst wie zu versorgen.«

Lucy hielt gerade noch die Bemerkung zurück, der Esel sähe nicht danach aus, als hätte man ihn groß versorgt. In ihrem Kopf überschlugen sich die Gedanken. Mam und Dad würden es natürlich niemals erlauben, aber …

»Wie schnell werden Sie ihn verkaufen?«, fragte sie verzweifelt. »Und was ist, wenn ihn keiner haben will? Kommt er dann auf einen Gnadenhof?«

Der Mann zeigte krumme, gelb verfärbte Zähne, als er lachte. »Auf einen Gnadenhof? Ja, so könnte man es auch nennen. In den Schlacht-

hof kommt er! Heute in einer Woche sind zweihundert Dosen Hundefutter daraus geworden!«

Lucy schnappte nach Luft, dann sah sie den

Mann bitterböse an. In ihr war so eine Wut aufgestiegen, dass sie das Gefühl hatte, platzen zu müssen. »Das können Sie doch nicht tun! Es fehlt ihm doch nichts – und dass er nicht genug Geld einbringt, ist doch nicht seine Schuld!«

Der Mann lachte wieder. »Das Leben ist hart, was? Aber wenn du fünfzig Pfund rausrückst, dann kannst du mit ihm machen, was du willst. Also rette ihn!«

»Kann ich nicht, ich habe kein –«

»Na ja, dann wird er eben zu – HUNDEFUTTER«, sagte der Mann und brüllte vor Lachen.

Lucy war so wütend, dass sie in Tränen ausbrach. Sie ließ das restliche Futter auf dem Boden liegen und rannte über den Sand bis hinauf zur Promenade. Mr Mack, der inzwischen mit seinen Papieren fertig war und gerade aus seinem Parkplatz fahren wollte, machte ein besorgtes Gesicht, als er sie sah. Er öffnete die Wagentür, damit sie hineinklettern konnte.

»Mr Mack! Dieser schreckliche Mann will diesen wunderhübschen Esel zu Hundefutter verarbeiten lassen!«, rief sie. »Ein grässlicher Mensch! Er ist der ekelhafteste Mensch auf der ganzen Welt!«

Mr Mack hörte sich die ganze, traurige Geschichte an, dann reichte er Lucy sein kariertes Taschentuch und tätschelte ihr den Rücken. Während sie sich die Nase putzte, meinte er plötzlich: »Du könntest ihn ja wirklich kaufen.«

Lucy hob den Kopf. »Wie bitte? Wie denn?«

»Indem ich dir das Geld leihe und du es mir später zurückzahlst«, sagte Mr Mack ganz beiläufig, als kaufe er unentwegt irgendwelche Esel für andere Leute.

»Aber ich … und wo würde ich ihn unterbringen?«

»Auf der Schafweide – und wenn du ihn bei schlechtem Wetter nach drinnen bringen willst, könntest du ihn in den Heuschober schaffen. Dort ist ja massenhaft Platz.«

»Bloß weiß ich nicht, was Dad dazu sagen würde.« Lucy sah mit weit aufgerissenen Augen zu Mr Mack auf. »Außerdem habe ich keine Ahnung, wo ich das Futter für ihn hernehmen soll und so …« Als ihr jedoch das schreckliche Schicksal wieder einfiel, das den goldigen kleinen Esel erwartete, fragte sie atemlos: »Meinen Sie, ich könnte wirklich …?«

»Klar doch«, antwortete Mr Mack leichthin. »So ein kleiner Esel ist doch kein Problem. Dagegen können deine Eltern doch nichts haben. Ich könnte mir denken, dass es auf der Farm durchaus Arbeiten gibt, die er erledigen kann, sobald er wieder fit ist.«

»Könnten wir ihn gleich heute mitnehmen? Und wie würden wir ihn transportieren?«

»Im Anhänger, zusammen mit den Traktorteilen«, antwortete Mr Mack. »Absolut kein Problem.«

»Aber …« Lucy wirbelte der Kopf. »Soll ich wirklich …?«

»Weißt du was?«, sagte Mr Mack und öffnete die Wagentür. »Ich werde mal ein Wörtchen mit dem Besitzer reden.«

VIERTES KAPITEL

»O Mr Mack!«, rief Lucy halb froh, halb ängstlich. »Ich kann's noch gar nicht glauben, dass wir es wirklich getan haben!«

Zum zwanzigsten Mal lugte sie hinter sich durch das kleine Fenster der Fahrerkabine hinaus. Da, sorgfältig in dem mit Segeltuch abgedeckten Anhänger angebunden, stand der gerade gerettete Donald. Durch die Lattenwand des Anhängers erhaschte Lucy von Zeit zu Zeit einen Blick auf ihn, wie er ruhig und geduldig dastand. Es schien ihn nicht zu kümmern, wo er hinfuhr. Sein Schweif wehte im Wind und gelegentlich hob er die Nase, um die frische Landluft zu schnuppern.

»Das war unsere gute Tat für dieses Jahr«, erklärte Mr Mack, der sich freute, dass es ihm gelungen war, den Kaufpreis des Esels noch herunterzuhandeln. »Es ist ein netter kleiner Bursche. Und aus seinem Gebiss zu schließen ist er auch nicht so alt, wie man meinen könnte.«

»Was denken Sie, was ich alles für ihn brauchen werde?«, erkundigte sich Lucy besorgt.

Mr Mack zuckte die Achseln. »Ein paar Pflegeutensilien, denke ich – aber ich besitze ein paar Bürsten, die ich dir geben kann. Außerdem muss ihn der Tierarzt untersuchen und ihm die nötigen Impfungen verpassen. Ach, und dann muss er regelmäßig vom Hufschmied die Hufe beschnitten bekommen.«

Lucy nickte und nagte an ihrer Lippe. Ach du liebe Güte – Kaufpreis, Pflegeutensilien, Futter, Spritzen, Hufpflege – und vermutlich kamen noch viele Dinge hinzu, von denen sie bis jetzt noch nichts wusste. Wo sollte sie nur das ganze Geld auftreiben? Und, was noch wichtiger war, was würden ihre Eltern sagen? Würden sie fuchsteufelswild werden? Das Geld war sowieso schon immer knapp und jetzt schleppte sie noch einen weiteren Kostgänger an …

»Soll ich mit deinen Eltern reden?«, wollte Mr Mack wissen, als hätte er ihre Gedanken gelesen. Gerade bogen sie auf die Elmbrook Lane ein, die zur Farm führte.

Lucy zog ein Gesicht. »Das mache ich wohl besser selbst.«

Mr Mack nickte. »Also verschwinde ich einfach, sobald ich ihn ausgeladen habe?«

»Das wäre vielleicht das Beste«, stimmte Lucy sorgenvoll zu.

Mr Mack musterte sie zweifelnd. »Hoffentlich habe ich dir da keinen Ärger eingehandelt.«

»Tja«, meinte Lucy, »was auch immer passieren mag, wir haben dem Esel das Leben gerettet. Das allein ist wichtig.« Trotzdem war ihr ein bisschen mulmig, während sie das sagte. Tiere zu retten war ja schön und gut, aber mit dieser Rettungsaktion hatte sie sich wahrscheinlich gewaltigen Ärger eingehandelt!

Wie es das Glück so wollte, war keiner da, als sie auf der Hollybrook Farm ankamen. Lucys Vater war wohl immer noch in Honley, ihre Mutter machte einen Spaziergang mit Mrs Mason und Kerry. Von der grässlichen Natasha war weit und breit nichts zu sehen.

Mr Mack zwinkerte Lucy zu. »Die Luft ist rein«, sagte er und fuhr rückwärts ans Tor.

Während er die Ladeklappe des Anhängers öffnete, warf Lucy einen raschen Blick durchs Küchenfenster hinein, um sich zu überzeugen, dass auch wirklich niemand da war. Dann holte sie einen Strick und schlang ihn dem Esel um den Hals. »Komm mit!«, sagte sie und sprach ihm gut zu, während sie ihn die Ladeklappe hinunterführte. »Hier ist dein neues Zuhause!«

Donald hob den Kopf, stellte die Ohren und sah sich um. Lucy kam er schon jetzt weniger traurig vor. Als würde er sich riesig freuen, dass man ihn gerettet hatte.

»Ich besorge dir Heu und frisches Wasser«,

versprach Lucy, »und dann lasse ich dich allein, damit du dich eingewöhnen kannst.«

Mr Mack schloss die Ladeklappe wieder. »Dann mache ich mich mal auf den Weg«, sagte er. »Viel Glück!«

Lucy warf noch einmal einen nervösen Blick rundum. »Danke für alles, Mr Mack!«, sagte sie und winkte ihm zum Abschied. »Ich erzähle Ihnen dann, wie es gelaufen ist.«

Während Mr Mack davonfuhr, schlang Lucy die Arme um den Esel. »Später stelle ich dich meiner Rosie vor – Esel haben gern Freunde, das weiß ich. Und dann besorge ich mir Pflegekram, damit ich dich ganz, ganz ausgiebig bürsten kann. Ich glaube nämlich nicht, dass man dich jemals gebürstet hat.« Sie streichelte über Donalds verfilztes Fell. »Wunderschön wirst du aussehen, wenn ich mit dir fertig bin.«

Sie kraulte ihm die Ohren. »Und dann, sobald du wunderschön bist, erzähle ich Mam und Dad von dir. Wenn sie dich erst mal gesehen haben …« Während sie redete, sah sie hoch zum Haus. Da, hinter einem der Fenster, bewegte sich etwas! Es war das Fenster von Natashas Zimmer.

»Die spioniert uns nach!«, flüsterte Lucy Donald zu. »Sie steht da oben hinter dem Vorhang und beobachtet uns. Ich kann ihr nur raten mich nicht zu verpfeifen!« Damit führte sie Donald in den Heuschober, sein neues Quartier. Dort ließ er es sich gut schmecken, trank gierig aus einem Eimer und schien dann einzuschlafen.

Es war Abendessenszeit und Lucy rutschte unruhig auf ihrem Stuhl herum. Sie hatte immer noch nicht den richtigen Moment gefunden, um das Gespräch auf Esel im Allgemeinen und auf einen im Besonderen zu bringen. Ihr Vater war übel gelaunt von Honley zurückgekehrt, weil ein Futtermittelkauf schlecht gelaufen war. Und ihre Mutter schien mit den Gedanken ganz woanders zu sein, seit sie von ihrem Spaziergang mit Mrs Mason heimgekommen war. Der richtige Zeitpunkt war einfach noch nicht da. Aber je länger Lucy wartete, desto schlimmer wurde es. Sie war losgezogen und hatte einen Esel gekauft, ohne um Erlaubnis zu bitten! Bestimmt würden ihre Eltern schrecklich zornig werden.

Das Abendessen war köstlich. Alle aßen ihre Portion und wollten eine zweite. Alle, außer Natasha. Die saß wie üblich mit steinernem Gesicht da und stocherte in ihrem Essen herum, aß hier eine Karotte, da eine Erbse, ohne sich am Gespräch zu beteiligen. Lucy, die sie beobachtete, entschied, dass Kerry mehr gegessen hatte

als das viel ältere Mädchen. Was, zum Kuckuck, war denn nur los mit dieser Natasha?

»War deine Fahrt nach Westerley schön?«, erkundigte sich Lucys Vater. »Mr Mack hat ein paar Ersatzteile für seinen Traktor geholt, wie ich hörte. Hat er noch was mitgebracht?«

Lucy spürte, wie sie rot wurde, als sie den Kopf schüttelte.

»Und du hast bestimmt deinen Esel besucht«, sagte Lucys Mutter. »Wie ging es dem Armen?«

»Ganz gut«, murmelte Lucy und fügte wahrheitsgemäß hinzu: »Inzwischen wirkt er viel glücklicher.«

»Schrecklich hat es ausgesehen, das arme Vieh!«, fuhr Lucys Mutter an Mrs Mason gewandt fort. »Wie ein Haufen alter Säcke!«

»Hat er nicht!«, rief Lucy hitzig. »Er war wunderschön!« Sie war im Begriff, noch mehr zu sagen – was für eine freundliche Natur Esel hätten und wie billig sie im Unterhalt wären. Und dann würde sie überleiten zu … Doch da schwenkte Kerry einen mit Essen gefüllten Löffel und krähte: »Wunschön … wunschön …«

Alle außer Natasha begannen zu lachen. Das Thema Esel war vergessen und Lucy fand es schwierig, die Sprache wieder darauf zu bringen.

Zwanzig Minuten später hatte Lucys Mutter gerade Apfelkuchen mit Vanillesauce serviert und machte eine Tasse Kaffee, um sie Mrs Mason ins Fernsehzimmer zu bringen, als von draußen plötzlich ein unglaublich lautes Geräusch ertönte. Es klang wie das Nebelhorn, das Lucy einmal im Hafen gehört hatte.

Kerry bekam so einen Schreck, dass sie zu

heulen begann. Lucys Vater sprang auf und rannte zum Fenster, um nach draußen zu sehen.

»Was um alles in der Welt ist denn das?«, fragte Mrs Mason verwundert. »Welches Tier macht denn so grauenhafte Geräusche?«

Alle wechselten Blicke. Lucy schluckte mühsam.

»Das ist ihr Esel«, verkündete Natasha plötzlich.

»Wessen Esel?«, fragte Julie Tremayne, während von draußen immer noch das laute Nebelhorngeräusch erklang. »Bei uns gibt es keinen Esel.«

»Sie hat ihn heute Nachmittag mitgebracht«, fuhr Natasha fort und warf dabei Lucy einen hämischen Blick zu, als bereite es ihr großes Vergnügen, sie verpetzen zu können. »Sie hat ihn im Heuschober versteckt!«

FÜNFTES KAPITEL

»Wer hätte gedacht, dass so ein kleiner Kerl so einen Krach machen kann?«, staunte Lucys Vater.

Alle – auch Natasha – hatten sich draußen auf dem Hof versammelt. Mr Tremayne hatte gerade die Tür vom Heuschober aufgerissen und den Blick auf Donald freigegeben, der klein und stämmig drinnen stand und sie mit großen, dunklen Augen betrachtete.

»Das ist doch der Esel vom Strand!« Lucys Mutter klang entsetzt. »Was um alles in der Welt hat er hier zu suchen?«

Lucy stieß einen tiefen Seufzer aus. »Ich habe ihn gerettet«, erklärte sie ihren Eltern mit einem

flehenden Blick. »Ich konnte nicht anders! Ich musste es tun! Der Besitzer war ein ganz schrecklicher Mann – er hat gesagt, er will Donald zu Hundefutter verarbeiten lassen! Zu zweihundert Dosen!« Allein vom Erzählen wäre Lucy am liebsten wieder in Tränen ausgebrochen. »Ich habe alles Mr Mack gesagt und der meinte, er würde mir das Geld leihen, dann könnten wir ihn gleich mitnehmen.«

Ihr Vater schüttelte irritiert den Kopf. »Dieser Mack kommt immer auf Ideen! Hätte ich mir ja denken können, dass der hinter dem Ganzen steckt.«

»Aber ich verstehe nicht … wie viel hat er eigentlich gekostet?«, fragte ihre Mutter mit entsetzter Miene.

Lucy ging zu Donald, um ihn zu streicheln. »Vierzig Pfund. Aber Mr Mack hat gesagt, mit der Rückzahlung hätte es absolut keine Eile. Und ich dachte, wenn ich mein ganzes Geburtstags- und Weihnachtsgeld spare …«

»Und was ist mit den Tierarztrechnungen, dem Futter und all dem anderen Kram, den er brauchen wird?«, fragte ihr Vater. »Wer soll dafür aufkommen?«

»Ich werde mithelfen – ganz bestimmt!«, gelobte Lucy. »Und er kann hier auch Arbeiten erledigen. Sachen hinter sich herziehen und Futter auf die Felder bringen und alles Mögliche.«

Lange Zeit herrschte Stille. Alle starrten Donald an.

Mrs Mason war die Erste, die etwas sagte. »Wirklich ein goldiger Kerl«, sagte sie. »Er hat ein wunderhübsches Gesicht unter den verfilzten Haaren. Wie schrecklich, ihn grundlos zum Tod zu verurteilen.« Sie legte Natasha die Hand auf die Schulter und schob sie sanft auf den Esel zu. »Findest du nicht auch, dass er ein hübscher Kerl ist, Tash?«

Natasha und der Esel, beide klein, still und trübsinnig, starrten sich unter Stoppelfransen hervor an. Da funkt's, dachte Lucy, während sie die beiden beobachtete.

Einen Augenblick lang sah es so aus, als könnte Natasha tatsächlich die Hand ausstrecken und Donald streicheln, aber schließlich tat sie es doch nicht. Stattdessen drehte sie sich um und verschwand im Haus.

Wieder herrschte verlegenes Schweigen, dann deutete Lucy weiter in den Heuschober hinein. »Oh! Da sind die Kätzchen!«, rief sie. »Sie sitzen auf der Fensterbank, ein weißes und ein schwarzes!«

»Die sind jetzt nicht so wichtig«, sagte ihr Vater streng. »Versuch nicht vom Thema abzulenken.«

»Ich nehme an, sie sind gekommen, um Donald zu besichtigen«, sagte Lucy in einem Versuch, die Situation zu entschärfen.

»Donald hast du ihn also getauft?«, fragte ihr Vater. »Nicht Donald die Ente, sondern Donald der Esel, was?« Er schüttelte den Kopf und nahm das Tier in Augenschein. »Ich weiß nicht, was wir mit dir tun werden, Donald, ich weiß es wirklich nicht.«

Lucy hatte einen ganz trockenen Mund von der ausgestandenen Angst und der Erleichterung, die sie jetzt verspürte. Nun wussten ihre Eltern Bescheid – und zumindest hatten sie nicht gesagt, sie müsse Donald wieder fortschaffen. Jedenfalls bis jetzt noch nicht.

Am nächsten Morgen war Lucy unten im Heuschober und machte den Versuch, Donalds wirre Schwanzhaare mit der Küchenschere zu beschneiden, als Mr Mack vorbeikam. Er brachte einen alten Satz Bürsten mit, dazu einen kleinen Ponysattel mit Zaumzeug. Er reihte die Pflegeutensilien auf dem Fensterbrett auf und erklärte, wie man sie benutzte.

»Das da ist eine harte Schmutzbürste und da ist eine für die Fellpflege«, sagte er. »Das hier ist ein Striegel, das ein Schwamm, um ihm das Gesicht zu reinigen. Oh, und dann habe ich noch dieses alte Sattel- und Zaumzeug gefunden, falls du mal Lust hast, auf ihm zu reiten.« Dann senkte er die Stimme. »Wie ist es denn gelaufen, Mädchen?«

»Nicht allzu schlimm. Ich meine, sie haben nicht gesagt, ich müsste ihn zurückbringen oder so. Dad hat die Tierärztin angerufen und sie kommt heute Nachmittag, um ihn zu untersuchen und ihm die nötigen Spritzen zu geben.«

Mr Mack nickte. »Du musst ihm auch unbedingt die Hufe beschneiden lassen. Esel leiden sehr, wenn man sich nicht ordentlich um ihre Hufe kümmert.«

Lucy nickte, stellte sich aber gleichzeitig die Frage, wie viel das wohl wieder kosten mochte.

»Und wie geht es unserem schwierigen Fräulein heute früh?«, erkundigte sich Mr Mack mit einem Blick zum Haus.

Lucy zog ein Gesicht. »Schlechte Nachrichten! Sie bleiben nicht, wie ursprünglich vorgesehen, nur eine Woche, sondern zwei. Ihre Mutter findet es offensichtlich so erholsam hier in Devon, dass sie den Aufenthalt verlängern will.«

»Und was hält die Tochter davon?«

»Glücklich ist sie nicht darüber«, sagte Lucy. Aber bei Natasha, die ohnehin immer unglücklich wirkte, konnte man das schlecht beurteilen, wie Lucy heute früh zu ihrer Mutter gesagt hatte.

Als Mr Mack wieder weg war, verbrachte Lucy eine Stunde mit Donalds Pflege. Zuerst nahm sie die Schmutzbürste und strich von seinem Kopf an abwärts, um angetrocknete Erdklumpen, Sand und Schweißflecke von seinem dichten Fell zu entfernen. Dann nahm sie die weichere Bürste und den Striegel und benutzte sie abwechselnd, um das Fell mit kreisenden Bewegungen in Wuchsrichtung zu bearbeiten, wie es ihr Mr Mack gezeigt hatte. Als das erledigt war und Donalds saubere, fast glänzende Fellhaare wieder Spannkraft hatten, nahm sie den Schwamm und einen Eimer Wasser und wusch ihm sorgfältig das Gesicht.

»So!«, sagte sie und trat zurück, um ihr Werk zu bewundern. »Jetzt siehst du wirklich hervorragend aus! Du könntest direkt einen Preis gewinnen!«

Lucy hatte den Eindruck, dass der Esel mit jedem Streicheln, jedem Lob und jedem Bürstenstrich glücklicher wirkte. »Dir geht es schon viel, viel besser, habe ich Recht, Donald?«, flüsterte sie ihm ins Ohr. »Du bist jetzt kein namenloser Strandesel mehr, nein, du gehörst jetzt mir und ich liebe dich sehr!«

Gerade als Lucy fertig war, kam Natasha aus dem Haus. Bereit, Vergangenes zu vergessen, rief Lucy zu ihr hinüber: »Komm her und sieh dir mein Werk an! Jetzt sieht mein Donald doch gleich viel besser aus!«

Natasha kam herüber und musterte schweigend den liebevoll gepflegten Esel.

Versuch sie aus ihrem Schneckenhaus zu holen, hatte Lucys Mutter gesagt. Nun suchte Lucy angestrengt nach einer weiteren, netten Bemerkung. Sie mochte das Mädchen nicht sehr – in Wirklichkeit konnte sie es nicht ausstehen – aber sie hatte ihrer Mutter versprochen, sich Mühe zu geben.

»Ich habe gehört, ihr bleibt noch eine

Woche«, begann sie nach einem Augenblick. »Hättest du Lust, am Samstag mit mir zum Dorfmarkt zu gehen? Sonderlich aufregend ist er nicht, aber …«

Natasha drehte sich zu ihr um. Sie klang bitter, als sie sagte: »Du brauchst mir keinen Gefallen zu tun! Kannst du dir sparen!«

Lucy starrte sie wütend an. Wie kratzbürstig dieses Mädchen war! Am liebsten hätte sie ihr geantwortet: Ja, genau das werde ich tun!

Während Natasha wortlos davonging, löste Lucy den Strick, mit dem der Esel an seinem Platz angebunden war.

»Komm, Donald«, sagte sie und tätschelte seine Flanke. »Aus der da machen wir uns nichts – wir gehen jetzt Rosie auf der Weide besuchen.«

»Donald war überglücklich draußen auf der Wiese«, erzählte Lucy später an diesem Nachmittag Jane Emerson, der Tierärztin. »Anfangs ist er ein bisschen hin und her gerannt, aber dann hat er sich beruhigt und fing an wie verrückt Klee zu fressen.«

»Und wie hat dein Lamm auf ihn reagiert?«

»Gar nicht«, gab Lucy zur Antwort. »Angesehen hat es ihn und das war alles. Vermutlich dachte Rosie, Donald wäre auch ein Schaf – ein graues Riesenschaf!«

Jane Emerson lachte. »Esel sind allgemein beliebt unter den Tieren«, sagte sie. »Und Donald wird es genießen, draußen auf einer schönen Weide zu sein. Bloß an sehr heißen Tagen solltest du ihn in den Heuschober bringen, damit ihn die Fliegen nicht so quälen.«

Lucy nickte und sah die Tierärztin besorgt an. »Sie glauben also, er ist in Ordnung? Ist er wirklich gesund?«

Jane Emerson nickte. »Ja, es geht ihm gut – und nachdem ich ihn jetzt gegen Grippe geimpft und mit Vitaminen versorgt habe, wird es ihm noch besser gehen.«

Lucy nickte dankbar, musste aber unentwegt

daran denken, wie viel dieser Besuch wohl kosten mochte.
»Sobald er ein bisschen zugenommen hat, ist er topfit«, fuhr die Tierärztin fort. »Er ist ein prächtiger kleiner Kerl!«

Als Lucy an diesem Abend zu Bett ging, war sie überglücklich. Rosie, ihr Lamm, schlief im Pferch und unten im Heuschober waren nicht nur Katzen und Kätzchen, sondern auch ihr höchsteigener Esel. Kein Wunder, dass sie es liebte, auf einer Farm zu leben! Und wenn diese Natasha zu eingebildet war, um das alles zu genießen, solange sie Gelegenheit hatte, dann war sie selber schuld. Lucy würde sich keine Mühe mehr mit ihr geben.

SECHSTES KAPITEL

Ganz früh am Morgen, es war noch dunkel, träumte Lucy einen Traum, in dem sie ihre eigene Farm besaß mit Ställen, in denen von jeder Tierart der ganzen Welt ein Pärchen gehalten wurde. Plötzlich erwachte sie von einem gewaltigen Getöse. Es klang, als versuche da ein Tier die Stalltür kaputtzutreten.

Lucy griff nach ihrer Taschenlampe, öffnete die Bodenklappe und sah nach unten. Donald hatte sich so weit von seinem Platz entfernt, wie es der Strick erlaubte, und nun trat er mit den Hinterläufen gegen die Holztür, so fest er konnte.

»Was ist denn los, Donald?«, rief Lucy

nach unten. »Was um alles in der Welt ist passiert?«

Sie zog ihren Morgenmantel an, steckte die Taschenlampe mit der Birne nach oben in die Tasche und kletterte die Leiter hinunter. »Was ist denn?«, fragte sie, tätschelte Donalds Flanke und versuchte ihn zu beruhigen. »Was hat dich denn so aufgeregt?«

Der Esel wieherte und hob und senkte dabei zur Tür gewandt den Kopf.

»Du komischer alter Kerl! Hast du Angst vor irgendwelchen Geräuschen draußen? Das ist nur ein Huhn, das aus dem Hühnerstall entwischt ist. Oder es sind die Katzen auf Mäusejagd. Nichts, wovor man sich fürchten muss.«

Aber Donald fuhr fort, mit dem Kopf zu nicken, mit dem Vorderhuf zu scharren und mit den Hinterbeinen auszuschlagen. Und dann gab er ganz plötzlich Ruhe und legte den Kopf zur Seite, als lausche er.

Auch Lucy spitzte die Ohren – und hörte das lang gezogene Quietschen des Tors, das geöffnet wurde. Jemand kam auf den Hof!

Lucys erster Gedanke war, ins Haus zu rennen und ihren Vater zu holen. Sie machte ihre Taschenlampe aus, streckte den Kopf nach draußen und wollte schon losrennen zum Haus, doch dann warf sie noch einen Blick Richtung Tor. Aber hereingekommen schien niemand zu sein …

Dafür war gerade jemand hinausgegangen! Lucy sah die schattenhafte Gestalt von Natasha, wie sie verstohlen die im Mondlicht liegende Straße entlangging. Sie war völlig angezogen und schleppte zwei prall gefüllte Tragetüten.

Nach ihr rufen wollte Lucy nicht – damit hätte sie ja das ganze Haus aufgeweckt. Also schlüpfte sie aus dem Heuschober, rannte über den Hof und durch das offene Tor. Draußen lief sie neben dem Weg auf dem Gras, damit man ihre Schritte nicht hörte, hinter Natasha her.

»Stopp!«, rief Lucy, als sie weit genug vom Haus entfernt war. »Wo willst du denn hin?«

Natasha sah zurück. »Das geht dich nichts an!«, zischte sie wütend. »Lass mich in Frieden!«

Darüber dachte Lucy einen Augenblick lang nach, entschied dann aber, dass sie Natasha nicht in Frieden lassen konnte.

Was würden ihre Eltern sagen, wenn sie einfach wieder ins Bett ging und zuließ, dass Natasha ausriss?

Natasha rannte weiter, dann überquerte sie den Weg und versuchte ein Gatter zu öffnen, um die dahinter liegende Wiese zu überqueren. Als sie mit dem schweren Riegel nicht zurechtkam, warf sie erst ihre Tüten auf die andere Seite und begann dann darüber zu klettern. In ihrer Hast glitt sie ab, fiel zu Boden und verdrehte sich dabei den Knöchel.

Gerade als sie aufzustehen versuchte, kam Lucy bei ihr an.

»Was zum Teufel ist eigentlich los?«, wollte Lucy schnaufend wissen. »Was ist passiert? Wo willst du denn mitten in der Nacht hin?«

Natasha sah einen Augenblick lang verwirrt aus; ihr Mund war zu einem störrischen Strich gezogen. Dann platzte sie plötzlich heraus: »Ich will nach London, wenn du es unbedingt wissen willst! Warum lässt du mich nicht in Ruhe?«

Bei dem Versuch, auf ihrem verletzten Knöchel zu stehen, stieß sie einen Schmerzensschrei aus. Dann sah sie zu Lucy hoch und brach in Tränen aus.

Die verdutzte Lucy ließ sie ein kleines Weilchen weinen, dann fand sie ein zerknülltes Papiertaschentuch in der Tasche ihres Morgenmantels und reichte es ihr.

Sie strich über Natashas Schulter. »Was ist los?«, fragte sie leise. »Warum willst du denn mitten in der Nacht nach London?«

Es dauerte einen Augenblick, bis die gedämpfte Antwort kam: »Ich will zu meinem Dad, ich muss ihn unbedingt sehen! Ich weiß nicht einmal, wo er wohnt!«

Lucy starrte sie an. »Aber wenn du nicht weißt, wo er wohnt, wirst du ihn in London doch niemals finden!«, wandte sie ein. »Außerdem musst du erst mal nach Honley auf den Bahnhof und die Busse nach Honley fahren erst ab acht Uhr morgens. Und die Fahrkarte nach London kostet ein Heidengeld. Hast du überhaupt genug bei dir?«

Natasha weinte nur umso mehr. »Ich habe meinen Dad seit einer Ewigkeit nicht mehr gesehen!«, rief sie. »Und nächsten Monat habe ich Geburtstag und ich glaube, er kommt nicht mal zu meiner Party!«

»Aber du kannst doch nicht einfach weglaufen!«, schalt Lucy. »Deine Mutter wäre außer sich. Meine Mutter sagt immer, wegzurennen sei in jedem Fall das Schlimmste, was man tun kann.«

Natasha antwortete nicht, sie weinte einfach weiter.

»Ich finde, deine Mutter ist in Ordnung«, fuhr Lucy fort, der einfiel, wie nett Mrs Mason bei der Entdeckung Donalds im Heuschober gewesen war. »Sie wäre fix und fertig, wenn du einfach verschwinden würdest.«

»Aber ich vermisse meinen Dad so!«, schluchzte Natasha.

»Hast du mit deiner Mutter darüber gesprochen? Hast du sie gefragt, ob er zu deiner Party kommt?«

Natasha zog die Nase hoch und schüttelte den Kopf. »Das will ich nicht.«

Gerade verschwand der Mond hinter einer Wolke. Lucy zitterte, denn inzwischen war Wind aufgekommen. »Ich bin sicher, sie wartet darauf, dass du darüber sprichst. Ich habe mitgekriegt, wie sich unsere Mütter darüber unterhielten.«

Natasha putzte sich die Nase. »Ich habe es einfach nicht geschafft, sie zu fragen«, brachte sie mühsam hervor. »Ich wusste nie, was sagen, und so hat sich alles irgendwie in mir angestaut.«

Lucy sah sie mitfühlend an.

»Und dann, als wir hier ankamen, wurde es noch schlimmer. Du … du und deine Familie, ihr macht so einen glücklichen Eindruck. Du hast deine Mutter, deinen Vater, deine Schwester und deine Tiere und alles, aber ich habe niemanden. Ich habe keinen, der mich mag!«

Lucy berührte Natasha sanft an der Schulter. »Das ist doch einfach nicht wahr! Meine Mutter erzählt mir laufend, was für große Sorgen sich deine Mam um dich macht.«

Plötzlich hörte Lucy vom Weg her ein Geräusch und sah sich um. »Ach du Schreck!«, rief sie schuldbewusst. »Da ist ja Donald! Er muss sich losgerissen haben.« Sie zog ein Gesicht. »Und in meiner Eile, dir nachzulaufen, habe ich sowohl die Tür vom Heuschober als auch das Hoftor offen gelassen.«

Beim Anblick des Esels erschien ein winziges Lächeln auf Natashas Zügen.

»Sogar Donald mag dich, siehst du?«, sagte Lucy. »Donald ist aufgewacht, hat gehört, wie du dich davonschleichst, und hat mich geweckt, um es mir zu sagen.«

»Hat er das wirklich getan?«, sagte Natasha, als der kleine Esel auftauchte und mit der Nase gegen ihren Arm stieß.

Lucy nickte. »Und jetzt ist er dich suchen gekommen.«

Natasha lächelte wieder. »Wie schön!« Als sie Donald am Kopf kraulte, stieß er ein freudiges Wiehern aus.

»Und jetzt würde ich vorschlagen, dass du mit mir zurückkommst. Du kannst deine Mam aufwecken und sie bitten dir zu erzählen, was du über deinen Dad und alles andere wissen willst.«

Natasha nickte langsam.

»Ich bin sicher, sie unterhält sich gern mit dir darüber«, fuhr Lucy fort. »Aber zieh dir lieber erst deinen Schlafanzug an, damit sie nicht erfährt, dass du ausreißen wolltest. Kannst du überhaupt laufen?«

»Ich glaube schon.« Natasha versuchte den Fuß vorsichtig aufzusetzen, doch wieder gab der Knöchel unter ihrem Gewicht nach.

»Warte!« Lucy holte die beiden Tüten von der anderen Seite des Gatters, dann half sie Natasha auf die Füße. »Du kannst auf Donald reiten!«, sagte sie. »Er wird dich zurücktragen!«

»Ich bin doch bestimmt zu schwer für ihn«, gab Natasha zu bedenken.

»Bist du nicht«, widersprach Lucy. »Donald ist ein starker Bursche!«

»Bist du sicher?«

Lucy nickte. »Die Tierärztin hat gesagt, dass es den Eseln wirklich gefällt, wenn sie sich nützlich machen können. Sie arbeiten gern.«

Also setzte sich Natasha auf Donalds Rücken und so kehrte die kleine Gruppe zur Holly-

brook Farm zurück, während die beiden Mädchen sich auf der ganzen Strecke leise unterhielten.

Zehn Minuten später hatte Lucy den Esel wieder an seinen Platz gebracht und kletterte die Leiter hoch, die zu ihrem Zimmer führte. Doch bevor sie einschlief, warf sie noch einen Blick zum Haus hinüber. In Mrs Masons Zimmer brannte Licht, also war Natasha wohl dem Plan gefolgt und hatte sie aufgeweckt, um mit ihr zu reden.

Hervorragend!, dachte Lucy. Dem guten alten Donald sei gedankt, dass er Alarm geschlagen hat!

»Du tust gut daran, heute Morgen deinem Dad nicht in die Quere zu kommen«, warnte Julie Tremayne, als Lucy am folgenden Tag zum Frühstück nach unten kam.

»Warum?«, fragte Lucy, schnappte sich eine Schale mit Frühstücksflocken und setzte sich neben Kerry.

»Lucy … Lucy … Lucy …«, krähte Kerry und schlug mit der Faust auf eine Scheibe Brot ein.

»Die Tierarztrechnung für deinen Donald ist eingetroffen«, sagte ihre Mutter grimmig.

Lucy sah betroffen drein.

»Und dazu kommt ja auch noch das, was du Mr Mack schuldest.«

»Aber er hat gesagt, darüber bräuchte ich mir noch ewig lang keine Sorgen zu machen!«

»Trotzdem. Irgendwann muss man alles einmal zurückzahlen.« Ihre Mutter schüttelte den Kopf. »Er ist ja ein wunderhübscher kleiner Kerl, dein Esel, aber er wird uns eine Menge Geld kosten.«

Lucy goss Milch auf ihre Flocken und suchte nach einem neuen Gesprächsthema. »Eines dieser Kätzchen ist wirklich goldig!«, sagte sie. »Ganz schwarz, mit einem weißen Streifen über die Nase herunter.«

»Esel!« Kerry hatte Donald im Hof entdeckt und deutete. »Esel! Esel!«

»Ja«, sagte ihre Mutter. »Und ein ziemlich teurer Esel dazu.«

Oje, dachte Lucy. Wenn sich ihre Mutter mal in etwas verbissen hatte …

»Jetzt, wo die Sache mit den Gästezimmern läuft«, fuhr ihre Mutter fort, »geht es uns ja ein bisschen besser, aber übrig ist von unserem Geld nie etwas.«

»Kommt am Samstag noch wer?«, erkundigte sich Lucy.

Ihre Mutter schüttelte den Kopf. »Deshalb bin ich ja auch so froh, dass sich Mrs Mason entschlossen hat, noch eine Woche zu bleiben.« Sie reichte Lucy ein Stück Toast und flüsterte: »Wobei ich nicht glaube, dass eine weitere Woche bei dieser Tochter etwas ausrichten kann. Ich weiß, sie musste einiges mitmachen, aber so ein unmögliches Mädchen ist mir noch nie über den Weg gelaufen!«

Sie wollte gerade noch etwas sagen, als sich die Küchentür öffnete und Natasha hereinkam. Sie hinkte ein wenig, aber das fiel nur Lucy auf.

»Guten Morgen!«, sagte sie munter. »Ein herrlicher Tag heute, nicht wahr?«

Lucys Mutter drehte sich um und sah sie mit großen Augen an. »Äh … ja«, sagte sie matt. »Ja, das stimmt.« Als sich Natasha mit einem Lächeln neben Lucy setzte, staunte Julie Tremayne mit offenem Mund.

»Könntest du mir heute Vormittag deine kleine Bucht zeigen?«, fragte Natasha.

»Klar.« Lucy nickte. »Sobald ich Donald und Rosie Frühstück gebracht habe.«

»Meine Mutter hat mir erzählt, dass wir demnächst wahrscheinlich in ein anderes Haus umziehen werden. Und da habe ich mir gedacht, ich könnte mein neues Zimmer wie eine Strandhütte einrichten – weißt du, mit Treibholz und Muschelbildern und so.«

»Klasse!«, sagte Lucy. »Mal sehen, was wir finden können.«

Immer noch lächelnd flüsterte ihr Natasha zu: »Alles klar! Ich habe mit meiner Mutter gesprochen. Mein Dad kommt wirklich und wahrhaftig zu meiner Party. Und er hofft, dass er in ein paar Monaten in unsere Nähe ziehen kann.«

»Ist ja prima!« Lucy strahlte.

»Äh … ich nehme nicht an, dass du Eier zum Frühstück willst, Natasha. Oder?«, fragte Lucys Mutter, die immer noch einen ziemlich verwirrten Eindruck machte.

»Doch, gern!«, erklärte Natasha fröhlich. »Könnte ich zwei Rühreier mit ein paar Scheiben Schinkenspeck haben, bitte? Ich bin am Verhungern!«

SIEBTES KAPITEL

»Seid ihr sicher, dass ihr auch nichts vergessen habt?«

Es war Samstagnachmittag, zwei Wochen nach der Ankunft von Natasha und ihrer Mutter, und Julie Tremayne wirbelte um die beiden herum, während sie kamen und gingen und den Mini für die Heimfahrt packten. »Mir scheint, ihr habt bedeutend mehr Gepäck als bei eurer Ankunft.«

»Ja, Tash hat den halben Strand auf den Rücksitz gepackt!«, sagte Mrs Mason mit einem liebevollen Blick auf ihre Tochter.

»Aus den Muscheln will ich Bilder machen«, verkündete Natasha aufgeregt, »und dann werde ich versuchen, ein Treibholzregal zu bauen. Lucy und ich haben ein Buch darüber gefunden.«

Lucy, die daneben stand, konnte es kaum glauben, wie sehr sich Natasha verändert hatte. Im Lauf der letzten Woche hatte sie mit ihrer Mutter alles geklärt und sogar mit ihrem Vater telefoniert. Sie käme nun mit allem besser zurecht, hatte sie Lucy erzählt. Und seit sie nicht mehr so unglücklich war, machte es wirklich Spaß, mit ihr zusammen zu sein.

»Ich werde die Tiere alle miteinander schrecklich vermissen!«, sagte sie jetzt zu Lucy.

»Sie werden dich vermissen«, widersprach Lucy. »Sieh mal – sie sind gekommen, um sich von dir zu verabschieden.«

Alle waren sie da. Bertram, der kecke kleine Gockel, stolzierte vor der Haustür herum, Donald stand im Hof und zupfte glücklich an einem Ballen Heu, Rosie hatte sich in der Sonne ausgestreckt, Roger und Podger spielten Wachhund an der Hintertür. Ein Dutzend Küken, sorgsam von der Henne beaufsichtigt, pickten an einem Topf mit roten Geranien herum. Nur die Katzen und Kätzchen fehlten – sicher machten sie irgendwo im kühlen Heuschober ein Nickerchen.

»Versprichst du mir, dass wir nächstes Jahr wieder herkommen können?«, fragte Natasha ihre Mutter.

Mrs Mason lächelte. »Wir können sogar schon vorher kommen – in den Herbstferien, wenn du magst.«

»Ja, bitte!« Natasha ging zu dem Esel und sagte: »Dich werde ich von allen am meisten vermissen!«

Wenn die beiden Mädchen nicht mit den Kätzchen gespielt oder bei den anderen Tieren mitgeholfen hatten, war Natasha im Verlauf der letzten Woche oft damit beschäftigt gewesen Donald zu pflegen, zu füttern und auf dem Weg spazieren zu führen. Der Esel sei ihr Glücksbringer, hatte sie Lucy gesagt. Ihm hätte sie es zu verdanken, dass alles gut geworden sei. Und dass sie nicht nach London ausgerissen wäre, um dort auf Nimmerwiedersehen zu verschwinden.

»Am liebsten würde ich dich mitnehmen, Donald!«, sagte sie jetzt und schlang die Arme um ihn.

Während Lucy zusah, hatte sie plötzlich zwei hervorragende Einfälle, einen nach dem anderen. Sie flüsterte ihrer Mutter etwas zu, daraufhin beriet diese sich leise mit Mrs Mason, die gerade nach drinnen gehen wollte, um eine weitere Tasche zu holen.

Nachdem beide Mütter genickt hatten, ging Lucy in den Heuschober und hielt Ausschau nach dem schwarzen Kätzchen mit dem weißen Streifen über der Nase. Wie Natasha war es im Lauf der letzten Woche viel umgänglicher geworden. Jetzt kam es her, wenn man es rief.

»Miez! Miez!«, flüsterte Lucy, damit Natasha es nicht hörte. »He, Streifchen!« Als das flauschige kleine Bündel kam, nahm sie es hoch. »Wie würde es dir gefallen, in einem Haus zu leben, mit einem eigenen schönen Körbchen und einem Garten zum Spielen? Alt genug bist du jetzt. Wie würde es dir gefallen, richtiges Futter zu bekommen – nicht nur Mäuse – und ein Frauchen zu haben, das dich über alles liebt?«

Das Kätzchen starrte zu ihr empor, gab ein winziges Miau! von sich und streckte eine Pfote aus, um eine von Lucys Haarsträhnen einzufangen.

»Das soll wohl ›Ja‹ heißen?« Lucy flitzte umher, fand eine alte Jacke, eine Schachtel, eine Plastikschale und eine Hand voll des normalerweise für das Vieh bestimmten Trockenfutters. Sie lud alles, einschließlich des Kätzchens, in den Karton, dann ging sie hinaus in den Hof.

»Da ist ein Abschiedsgeschenk für dich«, sagte sie zu Natasha. »Etwas, das dich an deinen Aufenthalt hier erinnern wird. Etwas, das dir ganz alleine gehört.«

Als Natasha in den Karton sah, schnappte sie nach Luft. »Ein Kätzchen!«, rief sie begeistert. »Kann ich es wirklich behalten?«

Lucy nickte. »Ja, kannst du«, sagte sie lächelnd. »Ich habe schon gefragt, ob du darfst.«

»Wahnsinn! Ich kann es nicht glauben! Tausend Dank!« Natasha hob das Kätzchen aus dem Karton. »Du und ich«, sagte sie, »werden massenhaft Spaß haben miteinander.« Sie hob das Kätzchen hoch und küsste es auf die Nase. »Vielleicht werde ich dich sogar Lucy nennen!«

»Stell lieber vorher sicher, dass es auch ein Mädchen ist!«, erklärte die wirkliche Lucy lachend.

ACHTES KAPITEL

Lucy war ein bisschen unglücklich, als Natasha fort war. Sie würde ihre neue Freundin vermissen – auch wenn sie das hübscheste Lamm, die quirligsten Hunde, die muntersten Hühner und den nettesten Esel der ganzen Welt hatte. Und bei dem Gedanken an Donald kam ihr der zweite hervorragende Einfall wieder in den Sinn. Sie ging nach drinnen, um Karton, Schnur und farbige Stifte zu holen. Ein Weilchen später war sie auf dem Weg zum Dorf …

Um drei Uhr an diesem Nachmittag war Lucy mit dem frisch gestriegelten und aufgezäumten Donald auf der Schafweide. Beide blickten gespannt den Weg entlang.

Als Natasha gesagt hatte, wie sehr sie Donald vermissen würde, machte sich Lucy klar, dass eigentlich jeder Esel mochte – sogar ihre Eltern, obwohl sie sich wegen der Kosten Sorgen machten. Weiterhin fiel ihr ein, was die Tierärztin gesagt hatte: Esel würden gern arbeiten und Donald sei kräftig und gesund. Inzwischen hatte sie mit ihrer Mutter gesprochen, drei Schilder gemalt und sich damit auf den Weg gemacht.

Das erste stellte sie beim Kriegerdenkmal auf. Es lautete:

Das zweite platzierte sie am Ende der Embrook Lane.

HIER ENTLANG ZUM ESELREITEN!

stand darauf mit einem Pfeil, der den Weg entlang deutete. Das dritte war am Hoftor befestigt und sagte:

ESELREITEN - BITTE HIER ANSTELLEN UND WARTEN!

Während Lucy und Donald in die Ferne blickten und warteten, tauchten am Ende des Weges einige Kinder auf. Sie kamen immer näher.

Lucy zählte aufgeregt die Köpfe. »Sechs – das ist ein guter Anfang.« Sie legte den Arm um Donalds weichen, schlanken Hals und drückte ihn an sich. »Da kommen unsere ersten Kunden! Auf diese Weise werden wir unsere Schulden in kürzester Zeit bezahlt haben!«

Donald stieß ein lautes Wiehern aus – aber ob das bedeutete, dass er sich darauf freute, wieder etwas zu tun zu bekommen, oder ob es ihm nur gefiel, gedrückt zu werden, konnte Lucy nicht sagen. Sie wusste nur eines – wie glücklich sie darüber war, ihn gerettet zu haben.

Mary Hooper

Gut gemacht, Rosie

Lucy Tremayne liebt Tiere – und sie liebt das aufregende Leben auf der Hollybrook Farm. Die Tiere in Lucys Nähe scheinen zu spüren, dass sie ihr vertrauen können. So erlebt Lucy ein Abenteuer nach dem anderen …

Mitten in der Nacht kommt ein kleines Lamm zur Welt. Als das Mutterschaf bei der Geburt stirbt, ist das Lamm noch sehr schwach. Lucy gibt ihm den Namen Rosie und zieht es liebevoll mit der Flasche auf. Es dauert nicht lange und Rosie folgt ihr überallhin. Selbst in die Schule! Aber als Einbrecher die Farm ausräumen wollen und Lucy in die Vorratskammer sperren, wird sie von Rosie gerettet.

100 Seiten

Mary Hooper

Gewonnen, kleines Schweinchen

Lucy Tremayne liebt Tiere – und sie liebt das aufregende Leben auf der Hollybrook Farm. Die Tiere in Lucys Nähe scheinen zu spüren, dass sie ihr vertrauen können. So erlebt Lucy ein Abenteuer nach dem anderen …

Das kleine Ferkel, das Lucy auf einem Wohltätigkeitsfest gewinnt, wirbelt auf der Farm alles durcheinander. Lucy versucht es zu verstecken, da ihre Mutter keine Schweine duldet. Aber gerade im ungünstigsten Augenblick taucht das Ferkel in der Küche auf… Ernste Gesichter machen die Tremaynes, als sie erfahren, dass ihr Nachbar seinen Hof verkaufen will und dort eine moderne Neubausiedlung entstehen soll. Was soll da aus ihrem eigenen Hof werden?

96 Seiten

Mary Hooper

Hilf mir, liebes Pony

Lucy Tremayne liebt Tiere – und sie liebt das aufregende Leben auf der Hollybrook Farm. Die Tiere in Lucys Nähe scheinen zu spüren, dass sie ihr vertrauen können. So erlebt Lucy ein Abenteuer nach dem anderen …

Lucy ist diesmal auf Hilfe angewiesen! Zuerst rettet sie zwar eine Freundin, die im Sumpf zu versinken droht, bringt sich dabei aber selbst in Gefahr. Sie verstaucht sich den Knöchel und bleibt im Moor zurück, während ihre Freundinnen Hilfe holen. Es schneit und wird immer kälter. Da taucht aus dem Nebel ein weißes Pony auf und rettet Lucy. Es legt sich neben sie und schützt sie vor Kälte und Wind.

96 Seiten